COMMERCIAL
SPACE DESIGN

商业空间 小型
设计

骁毅文化 编

化学工业出版社
·北京·

图书在版编目(CIP)数据

小型商业空间设计 / 骁毅文化编. — 北京：化学
工业出版社，2011.11
ISBN 978-7-122-12724-2

Ⅰ．小… Ⅱ．骁… Ⅲ．商业建筑—室内装饰设
计—作品集—中国 Ⅳ．TU247

中国版本图书馆CIP数据核字(2011)第222025号

责任编辑：王 斌 林 俐 装帧设计：骁毅文化

出版发行：化学工业出版社(北京市东城区青年湖南街13号 邮政编码100011)
印 装：北京画中画印刷有限公司
880mm×1230mm 1/20 印张6 字数 100 千字 2012年1月北京第1版第1次印刷

购书咨询：010-64518888 (传真：010-64519686) 售后服务：010-64518899
网 址：http://www.cip.com.cn
凡购买本书，如有缺损质量问题，本社销售中心负责调换。

定 价： 39.00元 版权所有 违者必究

Foreword

前言

　　中小体量的商业空间一直都是国内商业形态的主流，要想在林林总总的大小店铺、娱乐场所、办公环境中脱颖而出实非易事。小型商业设计既要求有时尚、个性的外在表现，也要求舒适合理的空间布局和使用感受；同时大多数的商业空间都必须主题鲜明，以体现其特有的文化背景。与家庭装修不同，商业项目不仅要满足人们的功能实用需求，还要在精神层面给予顾客更高层次的享受；在创造优美环境的同时，还要体现高品位的人文素养。体量小，意味着必须着眼于细部环境，用"点"的优化设计来带动"面"的视觉效果，从而营造精致且别具一格的整体空间环境。

　　本书汇集了数十套的小体量商业空间设计，均为各装饰公司及设计师近期的优秀作品，展示了国内商业空间装修设计领域的较高水平及新的发展趋势。每个案例都绘出了详细的设计图纸和实景拍摄的精美图片，并配有必要的设计文字说明，对空间整体布局和细节做了全方位的展示，力求使读者透彻地了解小型商业项目的设计理念，以便在实践中灵活自如地加以应用。本书具有前瞻性、实用性的特点，对从事商业空间设计的专业人士及自学者均有参考价值，也可以作为建筑设计、环境艺术设计等相关专业在校学生的参考资料。

　　本书编写人员有：李小丽、黄肖、王军、李子奇、于兆山、邓毅丰、马禾午、蔡志宏、刘彦萍、张志贵、刘杰、李四磊、孙银青、肖冠军、孙盼、梁越、安平、王佳平、付立华、吴谦。

Contents
目录

目录

餐饮空间...1

多佐日式和风精致料理...........................2

和合大红袍火锅形象店...........................10

廊桥时光...17

LUCK 料理店...24

休闲娱乐空间...28

王朝娱乐会所...30

宫霄台球俱乐部......................................35

悦源SPA..39

泰风魅影...45

ELEGANC日式俱乐部............................52

NOEL诺爱酒吧......................................55

会所空间...60

汇源接待会所...62

潘多拉亲子会所......................................66

蓝桥圣菲红酒会所..................................73

山海楼会所..77

张裕爱斐堡国际葡萄酒庄SPA..................80

精品店空间..86

现代宫殿中的国际象棋............................88

钻界（钻石）体验中心............................93

黑白经典的后现代欧式——FZL形象店......98

亚洲最大木门主题艺术馆.........................102

办公空间...108

设计年代...110

低碳畅想...114

餐饮空间

　　餐饮店的整体风格定位可以参照优秀的同行业特征，也可以依据自己的理想及兴趣，或是以商圈内的主流消费者作为销售目标确立环境风格。餐饮店的装修设计一定要迎合当地消费习俗，同时给顾客留下效果独特、环境舒适的良好印象，这是店铺整体动线设计的基础所在。一般来说，餐饮店的设计应该重点考虑以下几个方面：

　　1.定位。餐厅的装修应围绕经营而进行，首先要对目标市场的容量及餐饮需求趋势进行考察和分析。

　　2.恰当的规模和比例。餐饮店尤其是餐厅会有大厅、雅座、包房之分，在设计之前应根据目标顾客的消费习惯及能力确定好合理的规划比例。

　　3.动线设计。要考虑员工操作的便利性和安全性以及客人活动空间的舒适性和伸展性。

　　4.注重分隔。无论是大厅还是包厢，空间的分隔都是必要的，这关系到顾客消费时的安全感和舒适度。

　　5.照明设计。照明设计是室内设计的重要部分，良好的照明设计可以创造出宜人的就餐气氛，使室内光环境与餐厅的菜系、风味、档次、风格相得益彰。同时，灯光也是吸引顾客的一个重要因素。

　　6.通风及排烟。餐饮店尤其是餐厅，在营业过程中难免会产生大量的味道和烟气，因此，一套功率强大的通风排烟系统必不可少。

　　7.文化氛围。艺术地加工与提炼当地的人文景观，创造富于地方特色的就餐环境，对于客人来说也是相当具有吸引力的。

多佐日式和风精致料理

设计地点：北京

建筑面积：1300m²

设计师：王俊钦，睿智　设计公司总经理兼总设计师，中国台湾娱乐空间设计领导者，后现代主义设计倡导者，2009～2010年度中国室内设计百强人物。参与设计，彭晴

设计说明：

　　本案一开始的整体设计就没有拘泥于传统日式风格，而是致力于将独特的创意融入传统理念之中设计。没有刻意强调日本的文化感觉，而是更多地融入哲学的概念，用后现代主义的手法来演绎传统文化。本案用一种极为新颖的方式完美地诠释了独特的后现代思想，把每一处都赋予了象征性的意义，让文化涵义能更多地表现出来。

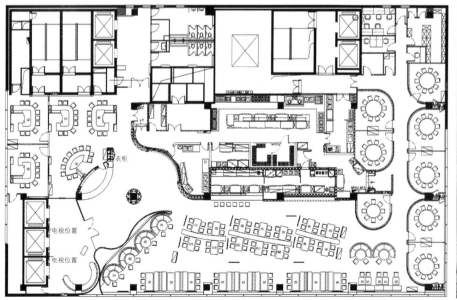

视觉饕宴

本案坐落于北京CBD黄金商业圈，占地面积1300m²。这里集中了不同行业的精英，他们是一群敢于迎接挑战和富有创新精神的人。在本案设计中，不仅要直观地体现这是一家精致的日本料理店，还希望可以带给在这里用餐的客人高品位的享受和别具诱惑力的体验，让顾客的心情可以在这里得到放松。

通过形式、材料和色彩，本案设计充分把日本料理文化的精髓表达出来。讲求的不仅在于"形"，更在于"形外之象"，即审美主体的"言有尽而意无穷"。本案的设计更多以日本传统的空灵虚无思想为根基，带有日本自古以来的清愁冷艳的色调，追求其中浮现的优美和冷艳的感情世界。

因地制宜的意境

由于受到不同地域环境的影响，采取了因地制宜的设计概念，整体运用了暖色调，给人一种温暖的感觉，避免出现过于冷清的意境，因而就有了精挑细选的食材、华丽的摆盘，在整体装饰上力求区别于传统的日式料理风格。

竹光淡雅显幽静

　　初看餐厅，能感受到设计者是在运用日本文化的语言和元素并通过后现代主义的手法来表现场景。依据餐饮功能，分为铁板烧、大厅散台及包厢。游览全景，你会惊叹于设计者对时空的统一性与延续性、历史的互渗性及个性化的专注以及自由化的表现。在大厅入口处，整面天然石材墙面犹如竹林，一气呵成，不落俗套。进入餐厅，你会发现餐厅内不见了惯用的具象的竹、石、木等手法，取而代之的是大量地运用金属、镜面、皮革等极具现代感的材质去表现日式特有的传统元素。精心挑选棋盘格式的壁纸，贯穿餐厅使用的橘色镜面、特殊玻璃光墙，其拼贴手法是模仿日式栅格门的分割样式。

心灵间自然融合

　　这里也有开放性的区域，迎合了国人喜好多人聚餐的习惯，餐桌可以根据需要灵活地进行组合。黑色镀锌铁板桌面的桌子和舒适且现代感十足的软椅子，集合在一起能营造友好的印象，分散开来又增添了室内的生气。坚硬光滑的板材与软制舒适的皮具产生了强烈的碰撞，它们轻易地唤醒了我们生活中的记忆，感受一段梦幻般的时光。

蝴蝶轻舞如梦中

来到大厅散台，也就是公共餐厅区域，这里的蝴蝶元素表达了空间梦幻般的形态。传统的典雅与现代的新颖相融合，创造出集传统与现代，融古典与时尚于一体的画面。整个区域的设计井然有序，整体走向呈流线形。以蝴蝶翅膀为基础演化出的造型墙及屏风做为分隔，穿插于中规中矩的几何线条中非常合适而且不浮夸，彰显着整个空间的灵动与活力。台灯、壁灯、地灯等灯光的点缀，看似不经意，却最能衬托出"精致"之感。

坊静居新深且幽

　　私密性的包厢采用了以编织木皮的外在表现材质。它的外形如彩带的隔间，内饰则延续餐厅的整体风格，局部采用玻璃，呈半透明，既有功能性上的表达，也有一种藏而不露之感。包厢的设计非常注重内外呼应，丝毫不显突兀，而且还有几分特色。餐厅的形式讲究多元化、模糊化、不规则化，并强调历史文脉，采用意象及隐喻主义的表达方式。

和合大红袍火锅形象店

设计地点： 西安

建筑面积： 600m²

设计师： 博尊谦成。吴刚，创意总监，全国杰出的中青年室内建筑师，室内设计十大新锐优秀设计师；杨光、董百胜，高级室内设计师，设计总监，刘枫，工艺美术师，设计总监

设计说明：

本案获得亚太设计大赛优秀奖。

木项目商家在西安的首家形象店，因此在环境和空间设计上充分考虑其独特新颖性，体现品牌的特点和优势，以吸引更多消费者的光临。

空间基本功能划分：门厅玄关、缓冲空间、休息等座区、调味区、总服务台、就餐区、包间和高档散座区、配餐明厨操作（专业人员设计）、卫生间、安全通道（清运垃圾）。

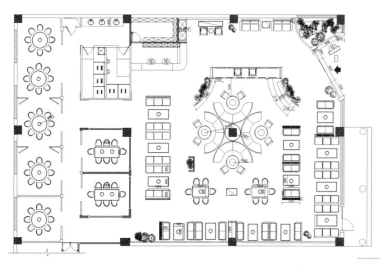

设计主题思想：本案的定位为大众化的百姓消费，同时体现一定的文化主题，为火锅的经营赋予更有层次的文化内涵。

店面以重庆的传统文化为基调，因此借鉴有"千年古镇重庆缩影"的古镇磁器口的形象元素。本案在设计中融合了古镇的建筑特色，外景内用，使室内成为外部建筑的延伸，再配以当地民间百姓朴实的生活或民俗物品陈设于空间之中，使就餐者无形中置身于老重庆的文化氛围之中，既享受了美食火锅，又领略了老重庆文化的魅力。

项目设计特点：具有老重庆本土文化特色的餐饮空间，融入重庆本土的建筑文化特色、生活文化特色、饮食文化特色；同时结合现代的手法提升空间的档次，增设背景音乐和灯光照明效果。

合理地运用现代空间设计手法处理空间的关系，根据现代餐饮店面的设计要求中相关的风水格局要求，对店面入口进行了改造，配以绿色植物景观，寓意着生机勃勃的发展。入口内部有玄关隔断，配以水景和绿色植物，象征着财源滚滚、蒸蒸日上；等待区的背面是留白的墙壁，给人无尽的想象空间。

等待区正面是展示柜，柜中陈列着一些民间生活器具，营造生活的意境。在原门廊处，做了封闭处理，规划成橱窗展示的效果，展示本店经营的一些特色物品，给人以耳目一新的视觉感受。大厅中央区域的柱子采用古镇吊脚楼的变形效果，用木质结构制作而成，体现出一定的建筑特色，使人仿佛置身于古镇的街头巷尾。在大厅的南侧墙面是整墙的重庆山城景观手绘，顾客既品味了美食又欣赏了山城影像。包间区域采用青砖、青瓦、实木和玻璃隔断，形成既通透又封闭的独立空间。主吧台区域则采用实木与青瓦结合制作而成。

本案的灯光设计以重点区域点光源照明为主，重点区域指就餐的桌面以及重点的景观部位，强调空间的层次感。因此，室内设计风格是现代时尚略带传统元素，在设计上强化主题，给人以高品位、现代、时尚的感觉，注重突出文化内涵，挖掘餐饮文化的精髓。给予消费者视觉、味觉的全新认识和感受。

本案的整体设计是要营造出独具特色，具有重庆本土文化内涵的知名火锅店，并且为企业在西部地区开辟连锁经营，建立强有力的基础和条件。

对空间的处理要求：强调空间的整体感，风格的统一性，根据不同功能对应的空间立面做出处理方案，提倡自然简洁和理性的规则。内部结构严密紧

凑、比例均匀，形式新颖，材料搭配合理，收口方式干净利落、维护方便。空间穿插有序，虚实结合取得局部与整体的协调，强调空间的完整和时尚现代感以及传统文化韵味。避免空间的繁杂、俗套、呆板的造型，创造现代的趣味性，以及中国文化的欣赏性。控制材质的色彩搭配合理性，达到背景色、主题色和点缀色的和谐统一。灯光不仅满足照明要求，还营造出艺术、大气的氛围，符合整体风格。

　　本案的室内陈设较为单纯，符合风格的整体性，局部有一些雕塑、壁画、植物等装饰。

廊桥时光

设计地点: 武汉

建筑面积: 120m²

设计师: 吴殷, 资深室内设计师, 壹零空间设计师

设计说明:

　　一般人都以为, 要喝好咖啡应当到豪华酒店的咖啡室, 其实不然, 酒店的咖啡室装修豪华, 但带给我们的却是一种疏离感, 高贵却缺乏友邻之间的温馨感。本案的设计理念很简单, 把一个位于湖边的旧三室两厅的房型, 打造成都市里一处悠然自得的咖啡驿站!

　　房子的原始结构是砖混, 所以在格局上改动不大, 采用简洁界面的设计, 材质的选用尽可能的简单, 这样才能更清晰地表达空间设计的意图。简单的形式和材料成就纯粹的空间氛围, 并使空间产生张力。设计并不刻意追求材料的豪华和变化, 而是着力于几种特定材质的相互穿插运用, 以形成空间的层次。单纯材质的延续使用可使空间更具整体性。

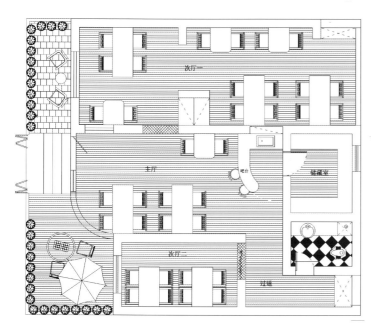

材料的天然特性是设计的基本形式语言，其选择应在体现实用功能的同时保持材质的天然质感和肌理效果。光和影的变化赋予室内空间以生命，塑造、影响着空间的氛围，决定着空间的品质与深度。只有光线、空间、材质三者良好契合互动，才有可能产生优秀的空间效果；只有当光的诗意和空间的画意融为一体，光的效果与画意的空间融合才真正得以实现。

S

餐饮店的照明方式

比较常见的餐饮店照明方式有一般照明、混合照明、局部照明三大类。一般照明是对室内整体进行照明，不
局部照明，使整个空间环境大致均匀，这是风格简洁，顾客群相对大众化的店经常采用的照明方式；混合照
由照度均匀的一般照明和针对消费面的局部照明所组合而成的照明方式。这种照明方式层次感强，并形成一
属于顾客的光照空间，常用于中高档店。酒吧、咖啡厅则一般采用局部照明，这是一种为了强调特定的目标
用的照明方式，通常只照明某点或很小的面积。这类店中的照明可仅用于桌面和陈列展示部分，通过局部的
照明将人们的视线吸引到有文化氛围和体现情调之处，从而形成视觉的趣味中心。

LUCK 料理店

设计地点：大连

建筑面积：100多平方米

设计师：张健，高级室内建筑师，从事室内设计工作多年，参与主持多项室内装饰工程设计与施工。郭佳、李禹参与设计

设计说明：

本案不同于传统料理店风格，而是融入了更多时尚的设计元素，整体色调以白色为主，力求营造出清新自然的另类时尚空间。本案在设计过程中注重材料质感变化与对比，采用了比较多的天然材质，例如白色文化石天然起伏的质感与光滑的镜面玻璃相对比，真皮软包的墙面与吧凳、黑色烤漆玻璃与镜面的运用，这些材料的使用让空间更具质感。局部马赛克拼图使得空间更显精致细腻。采用多种照明方式，用灯光点缀空间、烘托气氛。整体的设计色调让不大的空间显得干净、明亮、别致而有张力，内敛且不拘一格。

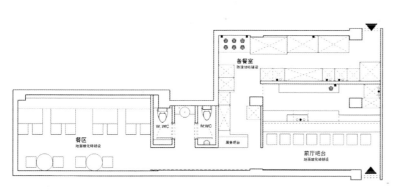

※　平面布置图

Tips

餐饮店的灯具

　　灯具不仅是店内光照的来源，还是室内陈设的重要组成部分。一般而言，餐饮店经常用到的灯具包括台灯、吊灯、壁灯、筒灯、格栅荧光灯盘以及反光灯槽等几大类。台灯和壁灯一般作为气氛照明或一般照明的补充照明，在很多主题店中比较常见；吊灯常用于面积较大和档次较高的店，由于是人们的视觉中心，它的造型和风格在很大程度上决定了店的品位和档次；筒灯的最大特点是外观简洁，隐蔽性强，不易引起人们的注意，单独使用它就可以得到很好的整体照明，也可以将沿墙壁的筒灯与位置居中的荧光灯进行组合；格栅荧光灯盘以较高的照明效率和经济性成为各类快餐厅和中低档餐饮店的首选灯具；反光灯槽是通过反射光使空间得到间接照明，它的最大特点是不会有明显的阴影，从而营造出良好的视觉效果。

休闲娱乐空间

休闲娱乐场所的装修设计风格应个性鲜明，空间应该生动、丰富，给人以轻松或者愉悦的感觉。在设计这类空间时，首先要分析和解决复杂的空间矛盾，从而有条理地组织空间。相对而言，休闲娱乐场所是为了满足团体顾客的需求，应该提供一个相对独立、无拘无束的舒适环境，营造一个以围为主，围中有透的空间。休闲娱乐场所的装修设计除了需要考虑各种物质技术手段，即各类装饰材料和设施设备外，还需要遵循室内美学原理，充分考虑其空间设计的艺术性。一个理想的休闲娱乐场所需要在空间设计中创造出特定的氛围，最大限度地满足人们的各种心理需求。好的空间设计应该在布局和用色上大胆而个性，每一个细节都不可放过，要追求尽善尽美。

在这类场所中，灯光是最能表现效果的因素，整体的灯光设计是否具有特点和美感是设计成败的关键因素之一。一般设置一个主灯在顶棚的正中，然后设置一些辅助灯光，切记不要让灯光照亮整个空间，这样就没有光与影的变化，无法营造气氛。此外，光源能在立体空间塑造耐人寻味的层次感，适当地增加一些辅助光源，尤其是直射类的光源，投射在顶棚和墙面上能起到非常好的光影效果。

构成室内的要素必须同时具有形体、质感、色彩等，色彩是极为重要的一方面。如果说灯光是娱乐空间的灵魂，那么色彩就是它们的外衣。人对色彩是非常敏感的，冷或暖，悲或喜，色彩本身就是一种无声的语言。在设计中，最忌讳不分明的色彩倾向，表达太多反而概念模糊。不妨大胆地应用一些带有个人喜好或者背景寓意的色彩，反而能够给人十分震撼的视觉冲击力。

王朝娱乐会所

设计地点：南京

建筑面积：1000m²

设计师：东禾，资深室内设计师

设计说明：

为了体现空间神秘瑰魅的效果，通道的设计采用了琉璃、玫瑰金不锈钢、UV板及LED灯营造出高贵奢华的气氛。本案设计充分利用了LED光源营造氛围，镜面、玫瑰金不锈钢很好地烘托出了梦幻与迷离的感觉，新古典的欧式灯具则突显奢华美感。

本案设计充分利用各种材质的质感和色泽进行组合搭配，在对比中寻找永恒的自然美感并将现代时尚与奢华很好地结合在一起。空间中各个界面的造型线条变化简洁明快，结合时尚元素和具有品质及个性的材料，对空间进行全新地诠释。

本案在空间布局时注重两面性，既保持相应的私密性又兼顾必要的开

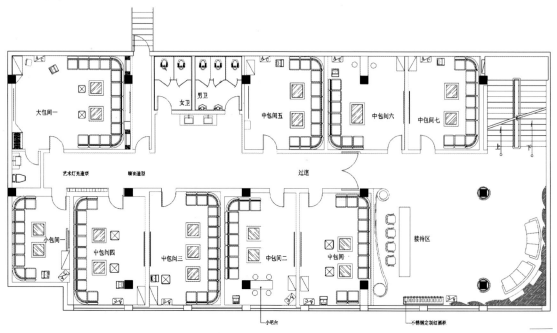

※　平面布置图

放性。在材料使用方面，强调变奏效应，融合软硬两种材质的性质，通过极富金属感的玫瑰金不锈钢雕花及UV板、硬包围合空间，制造私属领地，让每一位客人都有专属感觉。

休闲娱乐场所设计核心

　　休闲娱乐场所的装修设计，功能性、设计美感、地域文化、施工与费用控制，这四大方面都不可掉以轻心，任何一方面的马虎都会导致最终的装修不完善。没有功能的设计根本就是空中阁楼；没有美感的装修肯定会让人望而却步；没有地域文化就少了几分个性元素，就没有了空间设计的灵魂，自然也就无法长期生存下去；不懂施工和费用控制就无法估算出投入，设计师就会陷入不切实际的设计中，更不用说进行成本核算了。

宫霄台球俱乐部

设计地点： 北京

建筑面积： 2000m²

设计师： 戴春光（主持），高级住宅室内设计师，北京鸣仁别墅策略机构高级主创设计师，中国建筑装饰协会会员；熬田（设计执行）；袁超（灯光设计）

设计说明：

根据业主的诉求本案确立以下设计方向及处理手法：

1.现代时尚的感官表达，新的经营理念拉动传统行业的更优化服务；

2.空间尽可能的开敞，从视觉上提升空间的尺度感；

3.时尚元素的改造和存在形式的突变引发视觉感受的新体验；

4.玻璃金属和水泥亚光面的穿插在质感上形成了对比和互动；

5.家具和配饰方面更加强调舒适性和现代感；

6.空间布局不仅考虑到流畅协调，还加强了重点区域的设计处理；

7.色彩感受以强对比形成冲击，包含白色、黑色、灰色以及带有光照效果的温暖色；

8.光源以多点式辅助光源为主要形式，有光纤灯、背光、反向光源、射灯等；

9.乳化玻璃等材质的运用让光源如同温婉的情人时刻在你的身边；

本案中更多的区域性光源让台球不仅仅是一种运动，更是一种生活的情调。星光效果的运用使得整个环境都充满着非常浪漫的音符。

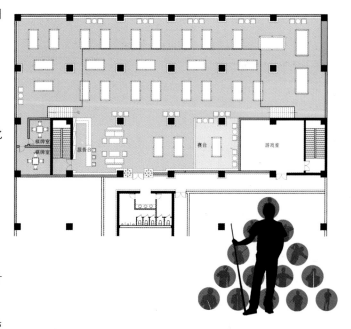

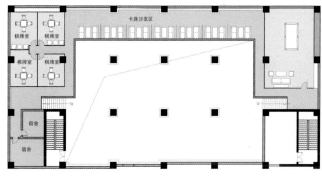

※ 平面布置图

悦源SPA

设计地点：杭州

建筑面积：230m²

设计师：谢国兴、林森，资深室内设计师

设计说明：

悦源美容养生馆是一个以休闲养生为主营方向的社区型养生馆，针对这一特点，设计师在本案中采用了双概念设计：第一概念是伊斯兰风格，大量运用异域文化的图案强化空间精致感，材料多采用铁艺、洞石马赛克拼花及高光银色壁纸，营造养生美容馆舒适而不拘谨的氛围；第二概念是立体构成的室内运用，将立体构成学里基础的框架结构美化后加以运用，形成了半通透式的风格化格栅，同时，将制作格栅所剩余的材料用做吊顶，极大地提升了空间的质感。本案双概念的设计恰如其分地表述出休闲化、专业化、人性化的经营理念。

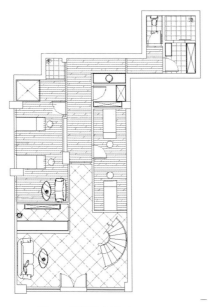

※ 一层平面布置图

※ 二层平面布置图

Tips

休闲娱乐场所大厅设计

　　大厅是迎送客人的礼仪场所，也是休闲娱乐场所中最重要的交通枢纽，其装修设计风格会给消费者留下最为深刻的印象。大厅应明亮宽敞有亲和力，让客人一进大厅就有一种舒适的感觉。大厅的装修材质，要选用耐脏、易清洁的饰面材料，地面与墙面宜采用具有连续性的图案和花色，以加强空间立体感，同时，还要注意减少噪声的影响。

泰风魅影

设计地点：南京

建筑面积：2100m²

设计师：李海明，创建邦雷装饰设计工程有限公司&李海明工作室，南京大学金陵学院艺术设计系特聘教授

设计说明：

　　从印度传入的瑜伽，时下成为越来越多人们喜爱的运动之一。而作为学习和练习场所的瑜伽馆，对其内部设计准确的风格定位，也成为我和店主在设计之初讨论最多的话题。瑜伽运动需要静谧和神秘的环境及氛围。这样的心里暗示，应该从一进门的地方就开始的，因此略暗和局部集中的光线处理方案就先确定下来。作为一种舶来的运动，源头国家印度的一些文化表现肯定是需要的，但纯粹的印度风格并不能使人满意，于是同样信仰佛教的东南亚风格表现就被作为主体风格确认下来。这样，经过充分的沟通与交流，加上后期设计上的精细处理，一个略显神秘且富贵，充满异域风情的空间就展现在我们面前了。

Tips

休闲娱乐场所包房设计

休闲娱乐场所的包房是显示其层次与品位的地方，地板的材质应选用松木等较为高档的材质，颜色以深褐色系为宜，如果需要铺设地毯，则以浅灰褐色系为宜。墙壁可涂灰泥或质感涂料，顶棚应使用具有良好吸声效果的材质。

ELEGANC日式俱乐部

设计地点：大连

建筑面积：650m²

设计师：张健，高级室内建筑师，从事室内设计工作多年，参与主持多项室内装饰工程设计施工

设计说明：

　　本设计方案采用了混合风格混合，体现了现代人对高品质生活的追求，石材、艺术玻璃、艺术墙纸以及金属、织物等多种材料与不同颜色和形式的灯光巧妙地揉和在一起，显得格外神秘浪漫，更适合年轻人的喜好。这里进进出出的人大多数都是外国朋友，且以日本朋友居多，所以采用了自然的材料，将现代风格、日式风情以及点缀其间的中式韵味混合在一起，构件一个多元化的休闲娱乐场所。

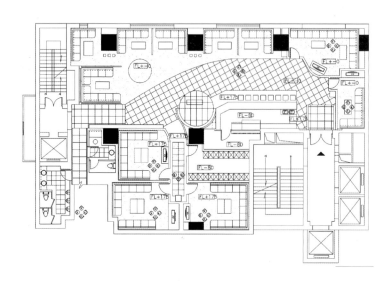

※　平面布置图

NOEL诺爱酒吧

设计地点：大连

建筑面积：1200m²

设计师：张健，高级室内建筑师，从事室内设计工作多年，参与主持多项室内装饰工程设计施工

设计说明：

舞动色彩和灯光的世界。本案以灯光营造酒吧空间的氛围，以玻璃及金属体现神秘的气氛，以变化的色彩筑成变幻的空间。光纤及大量LED光源构成整个酒吧的照明，幽幽的灯光营造出浓郁氛围。玻璃及金属的大量应用，创造出柔美、神秘的变换场景，整体气氛由此而生。色彩的视觉作用得到了充分的体现，静态空间+动态色彩构成丰富而不乏变化和层次感的空间。

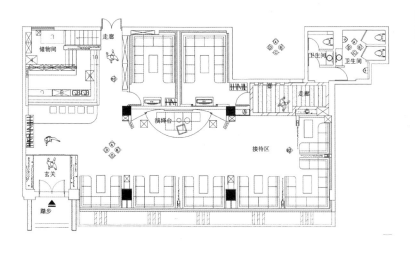

Tips

休闲娱乐场所的装饰品

通常来说，这类场所饰品的摆设有很多讲究，除了从设计美学的角度来考虑外，对经营的寓意也是必不可少的一个方面。常见的用在这类场所的富有吉利寓意的饰品有：财神、龙、元宝、麒麟、金蟾、龙龟、水体、鱼缸。相反，一些不太适合的摆设或者饰品，往往会影响空间的使用或者给人极为不好的心理作用，常见的有：尖锐的金属器、枯萎的盆栽、笨重的大石头、攀藤类的小盆栽等。

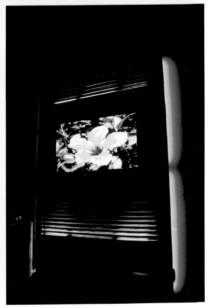

会所空间

　　会所是上世纪由国外传入的名词，这种生活方式是城市经济不断繁荣发展而诞生的物质形态。随着国内会所的不断涌现，物质与精神兼备的会所消费俨然成为了一种城市生活文化。空间形象是会所文化的主要载体，会所的气质内涵、性格的彰显、氛围的营造都需要由它来体现。会所的装修设计是集功能要求与精神需要为一体的综合性设计，重点需要注意几个方面的要素：实用性、艺术性、文化性及地域性。实用性包含舒适性、便捷性和经济性；舒适性是会所服务品质的直接展现；便捷性则关系到会所各方面的管理；经济性自然是关系到整体装修成本的控制问题。因为会所具有亚文化特性，在设计的艺术表现上可以更加鲜明和具有个性，使顾客从视觉、心理上产生赏心悦目的感觉；会所文化内涵的体现是一个综合的、复杂的整体关系，要理解会所的设计风格，把握各个空间环境的性质和用途，让文化装饰与空间视觉所营造出的气氛协调一致，使会员产生认同感、归属感；会所的设计还需要与所处的城市消费习惯以及民俗环境相适应，从而营造出更适合顾客需求的消费环境。

　　一个成功的会所设计不仅需满足使用功能的需要，还需要深入挖掘会所主题元素在室内空间的多重表现性，注重室内的空间、灯光、色彩、陈设的共同作用，使之相互协调，体现出具有丰富内涵和文化品位的室内环境。

汇源接待会所

设计地点： 北京

建筑面积： 约750m²

设计师： 唐伟东，TD环艺设计工作室，设计总监

设计说明：

本项目主要功能是接待领导、贵宾之用，其功能包含中餐厅、接待大厅、茶室、红酒咖啡室、KTV及健身SPA等，在风格定位上采用了较传统的中式风格为主调，沉实稳重、较有文化韵味，结合简约的处理手法，给人一种舒适、有文化沉淀的感觉。

在装饰风格上，采用了砖、石、木相结合，搭建具有中式文化风韵的空间骨骼，配合传统的实木家具、现代的抽象油画及雕塑，形成了新的视觉碰撞，软硬兼施，恰到好处。

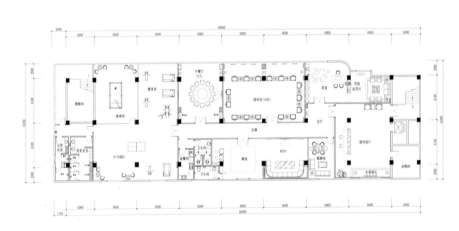

※ 平面布置图

潘多拉亲子会所

设计地点： 浙江瑞安

建筑面积： 1600m²

设计师： 姜剑凝，姜剑凝内建筑设计事务所创始人及主持设计师，专业从事大型工装室内设计。2009年荣膺全国住宅装饰装修行业优秀设计师称号。2010年入选中国国际设计艺术博览会"2009～2010年度室内十大新锐人物"

设计说明：

本案的设计指导思想是以人为本。由于是专门针对儿童的会所，所以在设计上做了很多新颖而大胆的构思，并且在不同的区域采用了不同的色调与造型。本案的顶部设计巧妙地利用了丰富的自然采光，通过格栅加玻璃的形式让自然光线充满整个空间，并引入了室外景观。这一层作为店面的核心产品销售区，通过各种造型别致的构件划分出不同的产品展示区，同时采用隔而不断的分隔设计，消除琳琅满目的商品对于空间的压迫感，保证空间整体的通畅感。针对儿童活泼好动与喜爱新奇的性格特点，本案的儿童娱乐区在设计中巧妙运用声、光、电、气、水、色彩等各类组合，通过各种设计环境渲染出丰富多变的热闹气氛，促成孩子们在嬉戏中尽情释放童趣。色彩、造型与空间动线的布置是本案设计的重点，一切的出发点都是为了迎合儿童的兴趣特点，并与空间功能紧密地结合在一起，提供给儿童一个充满乐趣的集购物、娱乐为一体的综合空间。

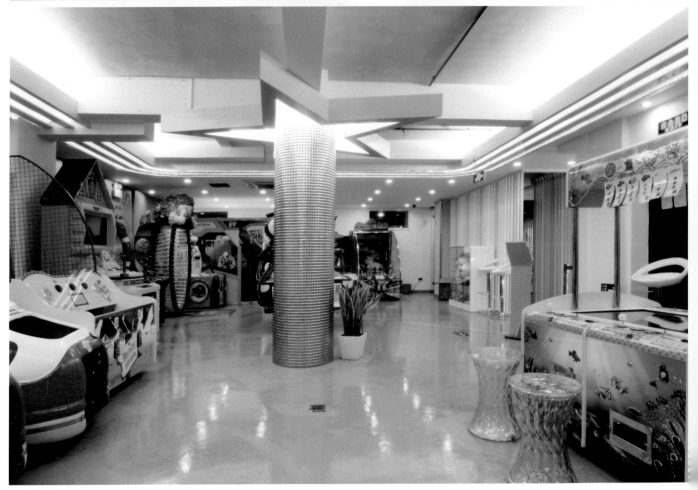

蓝桥圣菲红酒会所

设计地点：北京

建筑面积：220m²

设计师：许清平（许达），上海达达设计工作室首席设计师

设计说明：

　　本案位于举世瞩目的奥运会场馆"鸟巢"东侧，灵感来自盛产葡萄美酒的法国和意大利。原建筑结构属于框架结构，体量颇大的梁柱再加上整体的层高偏低在感观上并不太理想，所以在原有的梁柱上做了圆角处理，一直延伸到两边的立柱，并且在柱子的帽檐上增加了向上投射的次光源，这样在视觉上有柔和过渡的效果，而且在感觉上弥补了层高不足的缺憾；藻井式吊顶使整个会所更具空间感；柱身采用复古的小块砖，与地面做旧处理的地板交相呼应，一股地中海乡村的气息扑面而来；酒柜采用榆木质地，横梁和墙面刷桃红色漆，古朴的家具与碎花的面料、精致的饰品交相辉映，营造出高品位又温馨舒适的氛围。置身其中，手捧书卷浅嘬细饮，是生活中的极致享受。

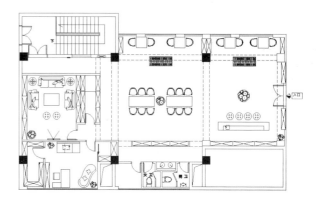

※ 平面布置图

山海楼会所

设计地点：珠海

建筑面积：120m²

设计师：伊凡，知名室内设计师

本案从一开始就定位于现代与中式风格的混搭，既要保留中式传统风韵的雅致与古朴，也要体现现代生活的舒适与时尚。入口处众多的中式设计元素让人一踏入会所便能感受到整体的高贵与典雅，配合灯光的照明，窗格形式的图案充分彰显出迷人的视觉魅力。深入会所后，设计笔锋一转，让更多的现代元素来打造时尚空间，无论是效果突出的大型吊灯还是直白的几何石膏板吊顶，都彰显着都市生活的华丽与精致。墙面上特意做了很多的凹凸格式造型，以突显空间的质感，灯槽也采用了明亮的光线，从而形成明亮的对比效果。房间内则多采用更为现代的形式，只是在色调上考虑与整体相融合，以符合人们的生活习惯。从开始到最后，整个动线设计按照人们的视觉印象，空间感受与行为体验来做区分，风格特点也实现了由突出的中式风情到舒适的现代风格的完美转变，既满足会所的形式要求，又符合生活的真实需要。

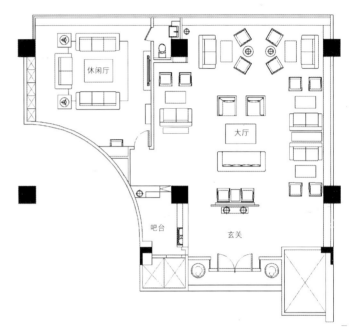

※　平面布置图

会所设计不贪大求全

　　会所消费本身就是针对某一特定客户群体，是满足高品质生活需求的场所，非常讲究生活的舒适性和私密性。因此，会所的设计完全没有必要迎合所有人的口味，而是应该抓住同一类型人的喜好和特征，为他们量身打造。通常情况下，空间都要有尊贵的感觉，可以显得豪华、贵气，但并不一定非得是金碧辉煌，针对不同的客户需求，有时候宁静和内敛的氛围也能带来绝佳的满意度。

张裕爱斐堡国际葡萄酒庄SPA

设计地点：北京

建筑面积：120m²

设计师：赵丹，风尚装饰设计首席设计师

设计说明：

    SPA精心营造的氛围别具情调，在轻音妙曼、芳香袅袅的雅致空间里，享受水滴、花瓣、绿叶、泥土的亲抚，吮吸采自自然森林原野的植物所散发出清新气息，一切是如此温馨宁静，如天空飞翔的鸟儿、水中畅游的鱼儿般自由自在，烦忧尽忘。墙内芳草萋萋，墙外红尘滚滚，恍若隔世，桃源与红尘，却只在咫尺间。

    本案的配饰设计是把原有的家具加以利用，丰富必要的陈设品，从而营造一种轻松自然的氛围。

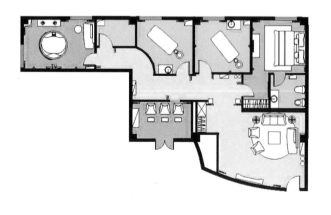

※　平面布置图

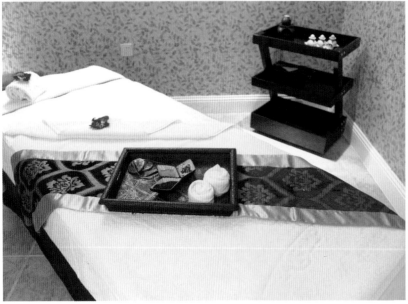

Tips

会所设计要注重细节

　　会所设计是一个繁琐复杂的过程，设计的合理性及舒适性等细节是设计过程中最难把握的，但同时也是顾客最重视的地方。很多会所在整体设计上做得富丽堂皇，却因为在设计初期考虑不足或后期施工出错，出现尺度或流线等功能上的偏差，导致局部活动空间偏小，动线布置不够合理等，从而大大降低了会员对空间的归属感。另外，不要做太多的形式主义，会所虽然是一个较为高档的消费场所，但是如果有大量不适用的设计，形式与功能本末倒置，虽然视觉效果有了，但一次两次可以让会员感觉比较新奇，时间一长，难免会产生华而不实的感觉，从而影响会员对会所的忠诚度。此类最贴近会员的细节问题完全可以在设计之初就考虑妥当，避免影响日后的使用和经营。

精品店空间

　　不同的店铺装修给人不同的感受，店铺装修根据行业的不同也会有差异。一个不错的装修效果是店铺生意兴隆的一个有利要素，但装修设计只是一个好店铺的基础。精品店的设计，不能硬搬先前制定的标准去套，而是需要实地考察店铺自身及周围情况，看看人流方向，光照，障碍物，周围店铺颜色、风格等环境特征，再根据这些具体情况，按照一定的原则进行设计。

　　如果精品店内部设计味太强，会让很多人望而却步，或只顾欣赏美妙的设计而忽视了产品，这样缺少亲近感。装饰太过平庸，又很难给人留下什么深刻的印象，自然就会被林林总总的同类店铺所淹没。因此，在这两者之间找到平衡是非常重要的。店铺装修设计必须通过外部装饰和内部设计，为顾客提供全面、愉悦、健康、美好的感受，从而吸引更多的顾客光顾和消费，以实现其销售的终端价值。

　　精品店的形象和风格定位要从店铺的客户群分类出发，区分不同风格应用不同的宣传方式。休闲类的店铺应该给人以随意、轻松的感觉，有对比强烈的色彩和绚烂的灯光，产品的摆放要在随意中又有整体的感觉；针对女性的店铺要有女人味，色调要浪漫，空间线条要流线、纤细，灯光柔和，多点镜子；而针对男性客户的店铺则以粗犷的线条，深沉的色彩为主，多用胡桃木等材料制作……

现代宫殿中的国际象棋

设计地点： 杭州

建筑面积： 150m²

设计师： 谢国兴、林森，资深室内设计师

设计说明：

　　"非主流"是一个著名的杭州本土男装品牌，在全国已拥有数百家连锁店。位于杭州龙游路上的FZL为其最新概念店；面积150m²，层高5.5m，由于空间层高比较高，我们把它隔成两层。"非主流"品牌一直以黑白基调的现代风格为主，概念店延续了这种黑白色调，并加入了欧式风格、宫廷元素以及许多精致的创意，在一系列新元素的组合下，经过设计上的巧妙构思与处理，就有了我们这次设计的主题——现代宫殿中的国际象棋。

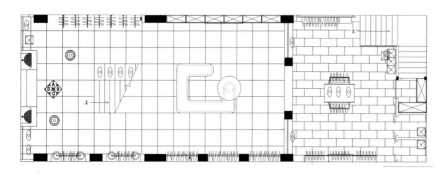

　　※　一层平面布置图

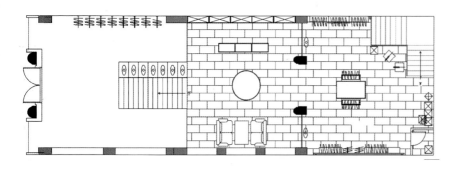

　　※　二层平面布置图

钻界（钻石）体验中心

设计地点： 杭州

建筑面积： 230m²

设计师： 谢国兴、林森，资深室内设计师

杭州钻界（钻石）体验中心，有别于传统珠宝店，设在高档的写字楼内，通过网络让顾客来了解体验。在设计上我们打破传统珠宝店柜台展示形式，以环岛形结构让顾客穿行其中，从而近距离地接触商品，更有寻宝的乐趣；在空间中运用了飘带、婚纱、礼盒的设计元素，更能让顾客在无形中感受喜悦浪漫的心情……

方案设计中心以红飘带为主题，周边墙体通过各种欧式线条的延伸，自然形成不同的功能区域：接待台、休息区、洽谈区、展示墙和收银区，使整个区域既独立存在，又自然衔接，再通过顶面造型的映衬，整体效果显得和谐又浪漫、温馨又精致。本案中设计最独特的要数设计区的裸钻陈列墙背景，皮质盒式造型墙，将钻石盒子加大竖向横插于箱体式墙中，显得错落有致，再搭配盒内灯光的运用，将钻石的魅力完美地展现在人们面前。

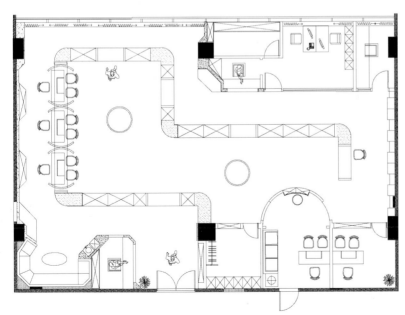

※ 一层平面布置图

黑白经典的后现代欧式——FZL形象店

设计地点：义乌

建筑面积：55m²

设计师：谢国兴、林森，资深室内设计师

设计说明：

本案设计在风格上延续了经典的黑白基调，在以往的形象中加入了黑白格错拼图案，从门头运用到室内背景，使整个店面的新形象更加突出。本案对原有的后现代欧式元素，如罗马柱、欧式不锈钢中岛台、夸张的落地灯型道具以及黑水晶灯等做了后期的进一步处理，使细节上更加精致。

本案在区域设置上取消了传统橱窗概念，将其设置于整场中心，使橱窗和货架自然结合，既可展示企业文化，又可达到促进销售的目的，再配合地面黑白格拼图，使整个空间主题突出、动线流畅。右侧墙为不锈钢欧式大门套货架，除了陈列功能外，两侧柱体内还暗藏有贮藏柜，使空间得到最大程度的利用；正面墙为灯型货架，陈列整套服饰，也作为空间节奏的调节点；左侧墙为黑皮软包货架，陈列较为灵活、丰富，可随意调节，也是整场最大的销售区域……

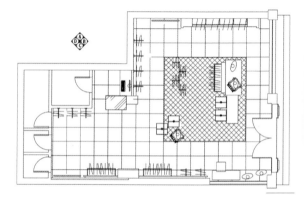

※ 平面布置图

Tips

不要太花哨

很多人觉得既然是精品店，那么在设计上就一定要花哨，其实这是一种错误的认识。花哨的设计需要具有长期工作经验的设计师才可能掌握好一个合理的尺度，而且并不是百分百的合适。如果掌握不好花哨的尺度，过于烦琐的设计反而会造成设计重点的缺失，降低顾客对空间的感受，甚至有可能因为场面的混乱产生抵触心理，影响产品的销售。

亚洲最大木门主题艺术馆

设计地点： 北京

建筑面积： 5000多平方米

设计师： 年江，北京NZ.D设计事务所/设计总监，国家注册高级室内建筑师，中国建筑装饰协会设计委员会委员

设计说明：

你能想象这是一个展示木门的地方吗？没错，这就是业主想给消费者带来的全新消费体验，该展厅被誉为亚洲最大的主题木门艺术馆。

本案的设计可以移动、可以自由组合，让人们在静态中感受不断变化的产品；之所以评价为"最大"，倒不完全归功于着实不小的展示面积，更在其颇具创意的展示手法。惊奇是从步入艺术馆的瞬间就开始伴随的：家装展厅里，色彩材质不一、款式迥异的木门或微微侧身或半露尊容，但全都立在以吊顶为极点向外辐射的经线上，沿着这些经线，它们可以随时移动"身躯"向人们展示其最美的角度；沿着钢琴式楼梯进入工程展厅，奢华、时尚或现代风格的木门全都融入一个个看似独立却又隐形相连的

"太空舱"内，每一个太空舱内都演绎着不同的家居环境，给人直观立体的感受。

在首层的设计中，我们以经纬线的结构形式进行设计，以正对着入口处为圆心，向外放射，将门的展示按经纬线进行放置，经线（直线）上的门是可以推拉移动的，这样就打破了常规设计和装饰中固定的展示形式，推拉的门会根据不同的展示要求形成不同的展示空间，这样就形成了通过一次装饰而演变出不同空间的设计表现手法和理念。一层室内以圆心为向心点，布置了不同材质、高度、直径的圆形装置，如同

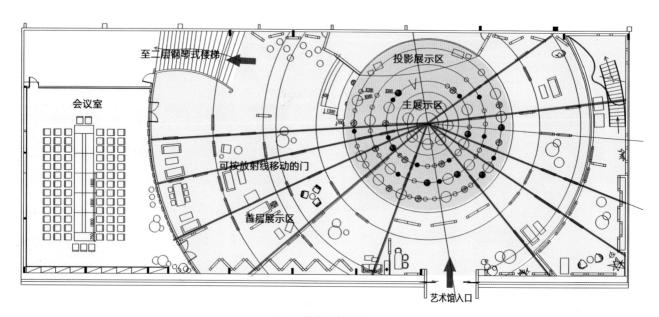

至二层钢琴式楼梯

投影展示区

会议室

主展示区

可按放射线移动的门

首层展示区

艺术馆入口

※ 一层平面布置图

林立的雕塑，既可以是座位也可以是作为摆放物件的基座，极富视觉冲击力。人们进入展厅后被通高4.5m的门展示板所包围，如同进入了门的世界，门的海洋。

二层工程展厅中各种配饰的点缀尽显创意，让人倍感新奇；通往海底世界的途中会经过供休闲、聊天、洽谈的自由港，在这里驻足休息、嬉戏打闹，好不惬意；海底世界的丰富多彩，海石、海草、海洋球的诱惑让人抑制不住对休闲浪漫生活的渴望。

针对木门销售和展示的行业特点，我们在设计中采用了新颖的设计和表现手法，运用了大量的时尚设计元素，以最大的可能性表现出品牌的产品市场定位。我们虽然使用的是最简单的材料，却创造出了最美妙的空间。

本案的设计核心就在于抛弃了以往一面展示墙上嵌着不同款式木门的老套展示方法，通过营造极为时尚现代的整体环境，将一扇扇门变得更加生动立体，激发人们对美好生活的渴望。

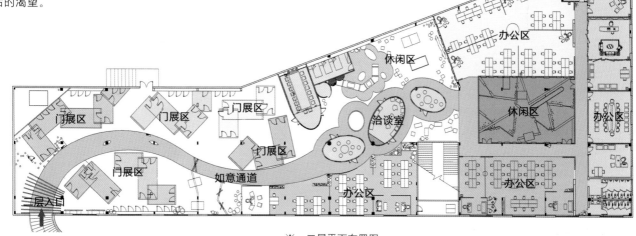

※ 二层平面布置图

Tips

精品店的装修设计原则

　　可根据自身的实际情况、产品的价位、接待顾客的身份等因素，对精品店的装饰做出客观的分析和选择，通常室内装饰分为简易型、经济型、先进型和豪华型几种类型。对于精品店的装饰特色一定要和产品本身的文化特性相吻合，能给顾客一种更为和谐的感受。为了更好地烘托室内环境，还应从照明、音响、味道和色彩等全方位进行考虑。

办公空间

现代办公空间的装修设计在不断地推陈出新，在人性化设计理念的前提下，设计师自由发挥而不拘泥于固定的思维模式。办公空间的设计将随着现代办公方式的转变而发生本质性的变化，但无论怎么变，它的目标只有一个，那就是为在其中工作的人创造一个高效、舒适和健康的工作环境。

办公空间不等同于其他商业空间，它的设计一定要考虑公司的文化与理念、行业背景以及实际的工作需要。通常来讲，需要着重考虑以下几个方面：行业类型和公司文化的深入理解，只有充分了解公司所处的行业特点和公司本身所遵循的文化理念，才能设计出能反映该公司风格与特征的办公空间，使设计具有个性与生命力；公司内部机构设置及相互联系，只有了解企业内部构成才能确定各部门所需面积，才能规划好人流线路；前瞻性，应该与公司负责人进行充分的沟通，了解公司未来的发展及目标，从而提前做好预留处理，使公司在一定时间段的发展过程中不必经常变动办公室流线；舒适性，办公室设计，应尽量利用简洁的建筑手法，避免采用厚重的造型，繁琐的细部装饰以及浓烈的色彩点缀；环保性，现在城市中的上班族在办公室一待就是十几个小时，甚至更长，如果环保性差，无疑会给身心健康带来极大的危害。何况，看到环保性差的办公空间，客户对公司也不会有什么好的印象；此外，在规划灯光、空调和选择办公家具时，还要充分考虑适用性和舒适性。

设计年代

设计地点：上海

建筑面积：90多平方米

设计师：宋建文，中国建筑装饰协会注册高级室内设计师，设计年代
首席设计

设计说明：

本案是一家小型设计公司的办公室，因此在设计构思上与普通的企业办公空间有所不同，全部的造型与色彩以及材质的选用都要突出赢得强烈的设计感，以体现公司的行业特点。从踏入办公室的那一刻，抽象的色彩，拼贴组合的几何造型，尤其是特意斜挂的公司铭牌，再搭配上一座完美的艺术雕像，让人仿佛步入了设计殿堂，从而赢得客户的信任。由于本空间并不是很规矩，因此在布局上因势利导，布置了混合办公区与领导独立办公室。本案的最大特点在于色彩的搭配使用，满目的黑白对比彰显着经典的设计创意，无论是顶面、墙面，还是家具，就连地面也采用了带有抽象艺术感的深色条纹，大胆的设计赋予不大的办公空间极为丰富的艺术效果，体现出公司不凡的设计实力。

低碳畅想

设计地点：长沙

建筑面积：120m²

设计师：刘俊、胡欣灿。刘俊，注册高级室内建筑师，现任长沙大班装饰工程设计有限公司设计师

设计说明：

"低碳生活"已经成为一种潮流，享受"低碳生活"已经成为一种时尚。

位于喧闹繁华城市中心的某设计公司发起了对中国七八十年代的复古的"低碳畅想"，以"低碳设计"为公司的设计理念。

所谓低碳设计，就是以设计为起点降低设计空间在制造、储运、使用乃至回收等各个环节的物质和能源的消耗，从而有效地为客户减少投资与使用成本，同时也达到预期的设计效果，从宏观上讲也降低温室气体排放。

空间中的装饰和物品使想逃离喧闹繁华快节奏的70、80后的设计师们畅想起儿时的生活方式：老式的单位办公桌椅、每天用的搪瓷杯及算盘、永久牌自行车、老式星牌台球桌等等。所以设计师从旧货市场及回收站寻回了这些废弃了的物品，进行再设计及加工，同时结合当下国际最前沿家具设计产品，打造了这适合设计师工作生活的空间。套用当下最流行的一句话"工作还是娱乐，生活就在这里"，"设计还是低碳，畅想就在这里"。

一层平面方案图

二层平面方案图